# GIORG BATTURA

# PUCEAUX ET FORAINS

Copyright © 2021 Giorgio Battura
Tous droits réservés.

Photographie de couverture par Swapnil Divedi, sur Unsplash

**Vous aimez les récits de Giorgio Battura ? Rejoignez la mailing list !
Rendez-vous sur le site**

http://www.giorgiobattura.wixsite.com/gaystories

Vous pouvez également contacter l'auteur par e-Mail :

giorgiobattura@gmail.com

## AVERTISSEMENT

Ce récit contient des descriptions explicites d'actes sexuels.

*A tous les pédés du Monde*

# PUCEAUX ET FORAINS

Le vent souffle et me glace les membres. Il glisse entre les corps serrés, les têtes basses de tous les hommes qui viennent aujourd'hui assister au spectacle du Haut Manoir, le show de sexe lubrique et dépravé qui fait la célébrité de ce parc d'attraction, le dernier qui fonctionne encore dans le pays en crise.

Le pays est trop pauvre pour entretenir des endroits pareils. Chacune et chacun doit se contenter de lire ce qu'il reste de livres, de visionner les maigres émissions de télévision.

La musique n'est plus produite. Le cinéma hiberne.

Seul reste l'immense parc, au milieu du terrain vague, avec ses bâtiments aux figures délavées et croulantes, avec ses hautes tours d'acier et leurs wagons rouillés, avec ses projecteurs de lumière éblouissante et ses mégaphones crépitant les tubes des années 90.

C'est *Eiffel 95* qui passe en boucle, pendant que je me tiens parmi les autres, les mains enfoncées dans les poches de ma veste, essayant de résister au froid de la nuit. Nous sommes serrés comme des sardines, mais cela ne suffit pas à me donner chaud. Mon manteau est trop large et trop maigre, il me flotte sur le corps, et mes baskets en tissu ont un trou à l'avant. Mon jean est rêche et glacé, et mon t-shirt noir tremble sous la brise, les brins de plastiques transparents qui traçaient un motif inconnu sur la face avant se sont tous décrochés.

Je contemple l'entrée du Haut Manoir, à vingt mètres sur ma droite, cette structure de plusieurs mètres de haut, représentant une femme lubrique, les jambes écartées, entre lesquelles se trouve une porte grande ouverte, avec une lumière tout au fond, comme pour y attirer les insectes. Les hommes de la classe moyenne y pénètrent en riant, pressés de voir le spectacle, parfois accompagnés par des femmes. Un petit canal est creusé entre les deux jambes, libérant une eau glacée imageant la jouissance de la femme en plastique ; le filet d'eau est maigre et trouble, et part rejoindre les caniveaux, un peu plus loin, avec tous les autres déchets de la foire.

Je ramène mon attention vers la petite porte métallique qui fait face à la foule, à quelques dizaines de mètres devant moi. Elle mène à une coursive bétonnée, qui pénètre dans les fesses de la femme de plastique, où je sais trouver les coulisses du spectacle.

Autour de moi, les gens sont silencieux. Quelques murmures bravent l'air glacé, des amis qui sont venus à deux pour s'encourager.

*Faut pas te laisser faire, pas de compassion, d'accord, c'est pas le moment. Aujourd'hui, c'est chacun pour sa peau.*

C'est chacun pour sa peau. Me faut passer devant tout le Monde, marcher sur les corps s'il le faut. Il est pour moi, ce job, il est pour moi. J'en ai besoin, ma famille en a besoin, tout le monde en a besoin.

Il est pour moi.

*C'est pas que pour ta famille, Teddy, te mens pas, sois honnête, c'est pas que pour ta famille.*

J'enfonce mon cou dans mon col ridicule. Le vent le retourne et me glace tout de même.

Non, je ne viens pas tenter ma chance uniquement pour ma famille. Je viens ici parce que j'ai envie de venir, parce que dans ce monde où tout le monde est sur ses gardes, c'est le seul endroit où j'espère pouvoir être enfin moi-même.

Je les ai vus, à la télé, je les ai vus, tous les mecs et les femmes à l'intérieur, j'ai vu...

*Eiffel 95* meurt en grésillant, et *Womanizer*_de Britney le remplace, en un vacarme de craquements inaudibles.

La porte de métal s'ouvre enfin, et une silhouette ventrue apparait sur le seuil, dissimulée par la foule qui s'agite et commence à gueuler.

Autour de moi, les corps remuent, les mains se lèvent, on appelle, on essaie de se faire voir. Je me fais bousculer et remuer comme un radeau sur l'océan, avant que la silhouette sur le seuil ne calme tout le monde en gueulant dans un microphone :

— Fermez-là ! Tout le monde la ferme ! On prend plus pour le spectacle hétéro, plus de place, on a assez de queutards pour la nuit. Ceux qui viennent pour le show hétéro, barrez-vous, laissez la place aux autres.

Un gémissement de désespoir parcourt la foule.

J'entends les insultes et les grognements des hommes autour de moi. Certains rassurent leurs amis aux bords des larmes.

*Putain, putain, mais c'est pas vrai, qu'est ce qu'on va bien pouvoir faire...*

*T'en fais pas, on va trouver, on va vendre du cuivre, on va voir les éboueurs peut-être...*

Je voudrais moi aussi rentrer chez moi, au chaud. L'annonce m'a fait l'effet d'un coup de massue.

Et pourtant, je ne bouge pas.

Mon esprit tire, tire pour que je me retourne et rejoigne la sortie du parc, mais je reste immobile, les deux pieds bien ancrés dans la boue, à contempler le bout de mes chaussures.

*Pourquoi est-ce que je ne bouge pas ?*

La voix du type au micro résonne à nouveau.

— Si y en a parmi vous qui viennent pour le show entre mecs, c'est par ici.

Mon cœur se met soudain à battre la chamade. Je l'entends qui résonne dans ma poitrine.

*Arrête, arrête, qu'est-ce qu'il se passe ? Le show entre mecs, c'est pas pour toi, Lucas, toi t'aimes les filles, t'es pas pédé, t'entends ! T'es loin d'être...*

Je lève la main, j'appelle :

— M'sieur ! Moi, je veux bien !

Cinq ou six autres garçons de mon âge se sont rapprochés du speaker. Je les rejoins en courant, m'arrêtant à quelques pas devant la porte. Le speaker est un homme d'une cinquantaine d'années, le visage blanc et buriné, avec une longue barbe noire, des cheveux rares et noirs, des sourcils épais et broussailleux. Il se tient torse nu, avec son ventre rond, accompagné par deux colosses aux peaux bronzées, vêtus de noir, qui l'aident à faire le tri parmi les jeunes garçons qui se présentent à lui.

— Fais voir ? Non, toi tu dégages. Toi barres-toi, tu ressembles à rien, tu crois quoi ?

Les garçons repoussés nous faussent compagnie, et s'enfoncent dans les ténèbres, brisés. L'un d'entre eux s'éloigne en pleurant comme un enfant.

*Putain, Lucas, qu'est ce que tu fous, mais qu'est ce que tu fous, c'est pour les mecs ici, qu'est ce que tu vas faire lorsqu'il faudra...*

— Hey, toi ! Toi, là !

Je regarde vers le speaker, qui me pointe du doigt, me faisant signe d'avancer.

Je fais quelques pas vers lui.

De près, je peux voir ses yeux gris, de grands yeux de loup, et ses dents salies par le tabac. Il respire une odeur de bière et de transpiration.

M'observant comme on détaille un objet que l'on s'apprête à acheter, il attrape mes épaules dans ses grosses mains, m'arrachant un sursaut, et commence à me palper les bras ; il passe ses doigts sous ma veste, le long de ma chemise, pour éprouver mes pectoraux secs et bandés, puis il remonte vers mon torse, et pose sa paume au niveau de mon cœur.

— Dis donc, t'es maigre. Vous bouffez plus, les pauvres ?

Les deux colosses à ses côtés pouffent comme des collégiens.

Je souris à peine, comme par réflexe.

J'ai l'esprit dans les vapes, je ne comprends pas tout à fait pourquoi je me tiens là, face à lui, en train de me faire manipuler. J'essaie de me convaincre que c'est pour ma famille, c'est pour l'argent.

— Montre les dents.

J'obéis.

Le speaker tatoué y jette un œil, puis il tire un sourire tâché de jaune, pose sa main sur ma poitrine, et attrape mon téton droit au travers de mon t-shirt, entre son pouce et son index, avant de pince et de tourner.

La douleur est vive, je hurle et je me cambre sous la torture.

Les trois mecs éclatent de rire.

— Oh, pauvre chou. Tu vas en voir des vertes et des pas mures à l'intérieur, crois-moi. On n'en a pas beaucoup, des comme toi, tu sais ? Ça va plaire au public, ça, de la bonne chair bien fraiche.

Je sais pourquoi il dit ça.

Je sais qu'il fait référence à ma peau noire.

Je retiens la colère qui monte dans mon torse. Si ça n'avait été pour les deux colosses à ses côtés, j'aurais pu démonter ce mec à moi tout seul.

De son autre main, le barbu empoigne violemment mon entrejambe, et le malaxe pendant de longues secondes, ne me quittant pas des yeux.

Puis il désigne la porte de métal, d'un geste du pouce.

— Allez, entre.

Il n'a pas besoin de me le répéter.

M'arrachant à son emprise, je me glisse entre le speaker et les colosses, qui ne se bougent même pas pour me laisser passer. Mon corps frotte contre leurs muscles lourds, avant de pénétrer dans les ténèbres de la coursive.

Le speaker me balance une claque violente sur les fesses, qui m'arrache un autre cri.

— Joli cul. Me tarde de voir tout ça à poil, hein ?

J'essaie de ne pas écouter ce qu'il raconte.

Fuyant le vent, la musique, la boue, l'horreur de la nuit, je m'enfonce dans le couloir de béton, et je ne me retourne pas.

Mon cœur bat à cent à l'heure, à la fois terrifié, me répétant des mises en garde, hurlant d'horreur face à ma décision de pénétrer le Manoir.

Mais il y a quelque chose d'autre en moi, une bête tapie dans les ombres qui guette, et se réjouit en silence ; derrière les nombreux cris d'effroi de mon cœur naïf, j'entends une autre voix, un autre ressenti qui ne demande qu'à s'exprimer.

*Allons*, il dit, *allons, Lucas. Cesse un peu de te mentir, hein ? T'es pas ici que pour ta famille, petit, tu le sais très bien.*

J'essaie d'ignorer mon sexe qui gonfle sous mon pantalon.

Je traverse les longs couloirs sombres, m'aidant de mes mains pour trouver la bonne direction. Je parcours les ténèbres durant ce qui me paraît être une éternité, effrayé comme je le suis par ce qui m'attend au bout, mon cœur battant, mes paumes glacées, mon esprit en panique me répétant sans relâche ses signaux d'avertissements. Ma respiration est courte à mesure que je me rapproche de mon objectif.

Et pourtant, malgré la terreur, malgré la perte totale de confiance, *je sais que c'est la direction à suivre.* C'est comme un courant d'air, à l'intérieur de mon torse, qui me guide vers l'avant, rendant impossible tout renoncement. Non, il faut que je continue, il faut que je fasse un pas de plus sur le sol métallique de la coursive, qui résonne sous mes semelles, comme pour bien marquer ma progression inéluctable vers ce prochain chapitre de ma vie, et cette plongée dans l'interdit, dans une part de mon être qui m'enflamme la chair, mais que je me refuse à contempler en face.

Je vais de l'avant, toujours plus loin, palpant le béton sous mes doigts tremblants, jusqu'à ce que ce ne soit plus du béton mais un velours noir, que je repousse de la main, m'emmêlant à l'intérieur du lourd rideau qui crache sa poussière.

Le son de la fête foraine, la rumeur étouffée de la foule, Britney qui enchaîne les tubes en toussotant, tout cela résonne entre les murs du Haut Manoir, et jusque dans mon crâne, à l'instant où je débarque au centre d'une immense piste de terre battue, complètement vide.

J'hésite un instant, confus, sur le seuil de la pièce.

*C'est pas possible, t'as dû te tromper de direction. Tu t'es trompé Lucas, c'est fini, ils voudront plus de toi, tu vas manquer ton audition, tu peux repartir, de toutes façons t'avais aucune chance, c'est mieux comme ça, c'est pas grave, tu retourneras bosser dans la boutique de papa, ce sera chiant mais tu risqueras rien, ce soir restera comme une bonne leçon...*

Les pensées tournent dans ma tête, et pourtant, je m'avance au milieu de la piste, fasciné par sa beauté.

Elle doit mesurer plus de sept mètres de diamètres.

En face de moi, un autre rideau sombre dissimule un couloir, peut-être une sortie ; et au-dessus de ma tête, s'élevant à une dizaine de mètres de hauteur, un dôme de plastique transparent, sale et rustique, recouvert de rayures traçant des lettres et des dessins vulgaires à demi achevés, aux côtés de gribouillis illisibles. Les grandes plaques de plastique sont liées entre elles par des poutres de métal riveté, épaisses et lourdes, de couleur sombre ; et au sommet du dôme, là où dans une église de trouverait la clef de voute, une imitation pitoyable de sculpture ancienne, comme la statue à la proue d'un navire : un jeune homme torse nu, le corps percé de flèche, se tient dans une position lascive, yeux clos, bouche entrouverte, tandis qu'un ignoble serpent gluant lui enserre les muscles.

La sculpture est moulée dans un plastique répugnant aux couleurs délavées de fête foraine. Pour autant, elle me fascine, et je la contemple pendant de longues secondes, avant de redresser mon cou douloureux, et de ramener mon attention vers les gradins qui s'accumulent derrière les parois de plastique.

Quelques projecteurs sont dressés entre les rangées. Ils couvrent la piste d'une lumière pâle qui donne à la terre battue une teinte blanche, comme un drap de lit. Sous les rayons des lampes, la température est chaude, presque torride, et j'essaie de me tenir à l'écart des faisceaux ; quant à l'odeur, c'est celle de la bière bon marché, et du plastique peu entretenu.

Et puis je respire quelque chose d'autre, que je ne parviens pas à identifier.

Peu importe.

J'entends du bruit dans le couloir, dans mon dos. Un claquement métallique lorsque la porte de la coursive se referme.

La voix grave du speaker résonne, lointaine, sans que je puisse entendre ce qu'il raconte.

Ses pas résonnent dans le couloir sombre, mêlés aux rumeurs lointaines de la fête ; puis le rideau de velours s'écarte, et le speaker pénètre sur la piste, et il tient par le bras l'un des jeunes garçons qui se tenait dehors sous le vent, à mes côtés, un type asiatique qui doit avoir comme moi vingt-deux ou vingt-trois ans, vêtu d'un t-shirt blanc souillé, d'une paire de jeans, et de vieilles chaussures de cuir qui lui couvrent la cheville.

D'un geste de la main, le speaker le propulse brutalement vers l'avant, et le garçon titube à mes côtés, avant de se redresser sous la lumière des projecteurs, et de me jeter un œil courroucé.

J'essaie de sourire, mais ça ne doit pas ressembler à grand-chose, parce qu'il contracte à peine les lèvres, avant de bomber le torse, et de lancer un regard assassin au speaker, qui nous contemple depuis l'entrée de la piste.

Le barbu consulte l'énorme montre scintillante, probablement du toc, qu'il porte à son poignet. Il hausse les sourcils, fait la moue, se gratte la barbe.

Puis il regarde vers nous.

— Eh ben, annonce-t-il comme un monsieur Loyal graveleux, on dirait bien qu'y a que vous ce soir, les tourtereaux. D'habitude, on a au moins trois ou quatre gars…

Sa bouche se tord en un sourire hideux, révélant ses dents jaunâtres. Il hausse les épaules.

— Deux fois plus de plaisir.

Ayant dit cela, il repousse le rideau, et s'enfonce dans la pénombre du couloir.

Un raclement métallique retentit depuis la coursive, puis un choc lourd et profond, qui résonne sous le plastique du dôme.

Je jette un œil à mon camarade.

Il me regarde, lui aussi. Il dit :

— Je crois qu'il nous a enfermés. Qu'est ce qu'on fait, à présent ?

Je secoue la tête.

— Aucune idée. Y a un autre rideau, au fond.

Le garçon au t-shirt souillé jette un œil à l'autre coursive, traverse la distance qui nous sépare du rideau, avant de le repousser, et de tâter la porte d'acier qui se trouve derrière. Il tire sur la longue poignée incurvée, la secoue brutalement.

Il se retourne vers moi, levant une main en un geste de découragement.

— Rien à faire. Y a plus qu'à attendre.

Je n'aime pas ça du tout.

Profitant de mon immobilisme, les pensées négatives viennent tournoyer dans mon esprit, libérées par l'angoisse, par la fatigue et par le doute.

*T'aurais pas dû venir ici, Lucas. T'aurais jamais dû foutre les pieds dans cet endroit.*

*Mais,* je réponds, *on ne m'a jamais laissé le choix.*

C'est vrai. On ne m'a jamais laissé le choix.

Un lourd déclic résonne sous le dôme, en provenance des gradins, puis le raclement d'une porte que l'on ouvre, et la musique de la fête vient faire vibrer les plaques de plexiglas, accompagnée par le grondement d'une foule qui gueule, et rit, et tape du pied sur le sol.

Mon cœur bat la chamade, alors que je regarde une meute de garçons de tout âge, de toutes les formes et couleurs, qui pénètrent entre les rangées de gradins, et s'agglutinent tout autour de la piste, sans faire attention à nous ; certains grimpent le long des échafaudages jusqu'à se trouver presque au sommet du dôme.

Je sens la panique monter dans mon torse, enfumer tous mes sens, les idées qui se chevauchent et se repoussent dans mon crâne, écrasé par la pression de cette foule de près d'une cinquantaine d'hommes qui m'entourent, sur les côtés et jusqu'en haut, au point qu'il n'y ait bientôt plus un seul espace visible depuis notre position qui ne soit bouché par le corps ou le visage hilare d'un mec, qui nous regarde en riant, pointant du doigt, frappant ses poings sur les plaques de plastiques, créant un vacarme assourdissant, renversant sa bière le long du dôme.

L'un d'entre eux, un jeune mec blond et torse nu, musclé et sec comme un fil de fer, positionné tout au sommet de la piste, le ventre collé à la paroi, laisse couler sa boisson le long du plastique, avant de poser ses deux mains contre les plaques, et de lécher la bière qui dégouline, nous fixant de ses yeux gris.

Cette horde me révulse, mon corps est parcouru de frisson de dégout face à ces visages abîmés par la drogue et bouffis par l'alcool, par ces sourires hilares et ces dents de prédateurs, ces vêtements dépareillés, ces torses nus et poilus dont je peux sentir l'odeur à plusieurs mètres de distance.

— Des singes, je murmure en baissant les yeux, face au vacarme de leurs hurlements, et des coups contre les vitres.

Je me bouche les oreilles, essayant de faire taire les cris de haine et les moqueries qui parviennent jusqu'à nous, *hey les suceuses, vous allez en prendre plein le cul, tu veux pas venir baiser chez moi, allez quoi, viens petit, viens un peu par là qu'on s'éclate, je te pèterais bien le cul, t'entend, je te défoncerais bien la gueule avec ma grosse teub.*

L'un des garçons au bord de la piste a déboutonné son pantalon, et il frotte le gland de son sexe au repos contre le plexiglas, en nous lançant des regards lubriques.

J'ai atterri en plein cauchemar.

Soudain, la lumière des projecteurs s'atténue, ne laissant qu'un maigre faisceau qui nous illumine, mon camarade et moi. Je fais un pas hors du cercle de lumière, plongeant dans les ombres, tout en restant à distance de la horde.

Les haut-parleurs crachotent un instant. Puis la vois du speaker résonne sous le dôme.

— Oh, ils sont timides, les pauvres. Messieurs, on va vous demander de bien vouloir être gentils avec eux, ce soir, annonce-t-il d'une voix moqueuse. Tenez-vous bien pour ces charmants garçons : insultez-les copieusement, montrez-leur tout ce que vous avez dans le ventre et en-dessous de la ceinture. Faites-leur voir du pays ! Et pour le reste, eh bien… tout est permis, bien sûr, comme chaque soir.

Le speaker grince d'un rire sonore qui se voudrait probablement méchant, une pâle imitation de bad guy de vieux film hollywoodien.

— En attendant, on va leur faire plaisir, on va les mettre dans l'ambiance. Vous connaissez la chanson ?

Il prend une seconde de répit, avant d'enchaîner, sur une voix chantante :

— Joyeux aaaa…

*Nnnnivvveeeeeersaire*, reprend la foule en chœur, dans un vacarme incohérent, d'une laideur absolue. Les voix des ivrognes et des tocards résonnent autour de nous, qui sommes perdus dans les ombres, alors qu'ils nous chantent le plus hideux refrain d'anniversaire que j'aie jamais entendu.

Dans la pénombre, quelque chose m'effleure la main, et je sursaute, avant de reconnaître le jeune garçon brun à mes côtés, qui semble aussi terrifié que je le suis moi-même. J'accepte sa main dans la mienne, et je le serre entre mes bras ; fermant les paupières, essayant d'oublier l'horreur de notre situation.

Je sens son corps chaud qui tremble contre mon torse. J'ai l'impression qu'il pleure. J'ai moi aussi des sanglots qui me remontent dans la gorge.

*Joyeux anniiiiiveeeeeersaaaaaire, leeees gaaaaaaars, joyeux anniiiiiiveeeeeersaaaaaaire !*

Un tonnerre de hurlements et de mains frappées contre la paroi conclut la chanson, et mon camarade et moi nous serrons encore plus fort l'un contre l'autre. Sous le vacarme, je craque complètement, et je sens une larme couler contre ma joue.

Le haut-parleur grésille une dernière fois.

— Et puis même si c'est pas vrai, ricane le speaker, qu'est ce qu'on en a à foutre ? Les petits, c'est votre jour de chance ! Aujourd'hui, toute l'équipe est au complet. Alors soyez gentil avec ces messieurs, en piste, et bon voyage !

Le mégaphone siffle un larsen avant de s'éteindre complètement, et je regarde avec épouvante la foule affamée qui pointe du doigt le rideau sombre, à quelques mètres en face de nous, qui se relève doucement, jusqu'à révéler la totalité de la porte métallique.

Un claquement résonne sous le dôme, et le battant s'écarte, centimètre après centimètre, révélant les profondeurs noirâtres du couloir.

Soudain, les projecteurs s'illuminent à nouveau, baignant l'ensemble de la piste d'une lumière brûlante. Le temps de reprendre mes esprits, je vois le visage apeuré de mon camarade, qui pousse un cri d'effroi, en pointe du doigt le couloir noir, d'où jaillissent au pas de course deux colosses, deux masses de muscles à demi-nues, simplement vêtues de jupes courtes à lanières de cuir, comme j'ai pu en voir dans les livres d'histoire, qui ne cachent rien de leurs sexes déjà bandés, qui pointent vers nous comme des armes.

Mon camarade et moi restons figés sur place, pétrifiés de terreur.

Les deux athlètes parcourent au pas de course les quelques mètres qui nous séparent. Celui des deux qui arbore un crâne rasé et une courte barbe blonde se jette sur moi en rugissant, et me percute de plein fouet, m'envoyant rouler sur le sol comme un rugbyman, et mon crâne rebondit violemment contre la terre battue, m'étourdissant à moitié.

Je vois la lumière éblouissante des projecteurs, au-dessus de ma tête, j'entends les rugissements de la foule et les gémissements de mon camarade, qui hurle et se débat à quelques mètres de moi, alors que la silhouette du colosse assis sur mon ventre, ses genoux posés de chaque côté de mes hanches, gonfle ses muscles blancs en soufflant comme un bœuf, contractant ses biceps, criant et gueulant comme un forcené à mesure qu'il frappe la terre de ses poings, de chaque côté de mon crâne.

J'essaie de me débattre, je secoue mes bras et mon bassin, mais une main immense vient m'attraper par le cou, me coupant tout accès à l'air, et m'écrase la tête contre le sol, avant que je sente une autre main agripper mon t-shirt, et tirant d'un coup sec, l'arracher à mon torse, qui se dévoile à la lueur bouillante des projecteurs.

Ma mise à nu déclenche un nouvel hurlement de la foule, et un concert de coups sur les parois de plexiglas.

Ma peau me brûle et me démange, souillée par la fraîcheur de la terre battue, alors que je lutte de nouveau, mobilisant toutes mes forces pour échapper à l'emprise du géant ; mais rien n'y fait.

Sa main se contracte plus solidement encore autour de mon cou, m'attire vers lui, avant de me rabattre sur le sol, et je m'assomme à moitié, poussant un gémissement pitoyable.

Lorsque la bête se redresse, et libère mon bassin par un pas en arrière, je reste à terre, sonné.

Je sens que l'on tire sur mes chaussures, qu'on les ôte l'une après l'autre, avant de les jeter dans un coin de la piste, sous les acclamations de la meute.

Puis une tension puissante vient déformer la ceinture de mon pantalon, la tendre, jusqu'à ce que dans un craquement lamentable, elle se déchire entièrement, et que l'on arrache le reste du tissu à mes jambes, dévoilant mon slip blanc.

Hagard, assommé par les chocs, par la lumière et par le vacarme, je relève vaguement la tête, essayant d'apercevoir ce qu'il se passe en face de moi.

Je peux discerner la silhouette du jeune garçon brun, complètement nu, qui se débat en hurlant dans un coin sous les assauts de l'autre colosse, encore plus grand que le mien, qui a la peau brune, et tatouée de symboles incompréhensibles.

Au-dessus de moi, mon propre tortionnaire s'est complètement redressé, me dominant de toute sa hauteur, l'air fier et bestial, masturbant son sexe épais au-dessus de mon corps. Il le tient dans sa main droite comme s'il s'agissait d'un sceptre, et le fait coulisser, le dore à la lumière des projecteurs, me présentant l'arme avec laquelle il va m'immoler face à la meute.

Hypnotisé, je ne peux m'empêcher de contempler ce pénis long et clair, circoncis, au gland luisant, à la peau lisse et presque dénuée de veines, et le sac de chair, les deux grosses boules lourdes et pendantes qui reposent au-dessous de lui.

Alors, parmi les cris, parmi les hurlements furieux et les incitations à *baiser, laisse-toi baiser putain, on est venus pour ça, pète-lui le cul,* parmi toute cette folie de jurons et d'invectives, au milieu de la guerre interne de terreur et de honte qui me fait frissonner de la tête aux pieds, un autre sentiment s'impose, quelque chose de lointain, mais qui remonte à la surface, et qui à la lumière des projecteurs finit par résonner comme un calice, comme une vérité trop longtemps enfouie en moi :

*Tu as envie qu'il te baise.*

Tout au sommet du dôme, un homme a déboutonné sa braguette, et pisse sur le plexiglas. Son urine coule le long du plastique en un long jet tiède, que certains spectateurs évitent en l'insultant.

Mon géant lève son pied nu, et le pose délicatement sur la bosse épaisse qui déforme mon slip. La sensation est délicieuse ; il pèse de tout son poids sur mon sexe bandé, et le masse sous sa plante, au point de me faire pencher la tête en arrière, et j'émets un râle de bonheur, que j'essaie tant bien que mal de dissimuler, mais il est déjà trop tard ; le géant m'a vu, et il me sourit d'un air pervers, avant d'ôter son pied à mon sexe, de glisser ses doigts sous l'élastique de mon slip, et de l'arracher d'un coup sec, révélant ma bite dure qui pointe vers le ciel.

Le monstre brandit les restes de mon sous-vêtements sous les yeux affamés des spectateurs, qui hurlent de joie face à mon drapeau blanc, ma reddition totale aux pieds de l'ogre, de la meute, de la fête foraine, de la folie de cette soirée, et de mon instinct, qui doit être complètement fou pour m'avoir emmené au fond de ce piège à rat.

Oui, j'essaie de me convaincre que ça ne peut pas être vrai, pour moi qui n'ai encore jamais embrassé personne, pour moi à qui on a appris qu'un garçon devait coucher avec une fille, qu'une femme était faîte pour être mère, et qu'un homme travaillerait à l'usine, ou serait bon à rien ; j'essaie de me convaincre que je suis confortablement allongé dans mon lit, plongé dans un cauchemar, alors que le mec énorme qui me domine vient boucher la lumière des projecteurs, au moment de me soulever par la nuque pour me remettre sur mes genoux, et je reste les bras ballants, le torse cambré, assommé sur la terre battue, alors qu'il présente son sexe face à mon visage.

J'essaie de me convaincre que ça n'est pas vrai, pas dans ma vie, pas dans mon monde.

Je n'entends presque plus rien de ce qui se passe autour de moi.

Je vois du coin de l'œil mon camarade, à quelques mètres, à quatre pattes sur le sol, se faire baiser par son colosse, le visage à quelques millimètres à peine de la paroi où les mecs en délire crachent, se masturbent, tapent leurs verres de bière.

Entre les jambes du garçon brun, son sexe est complètement bandé.

Je regarde ce gland qui me fait face, luisant, rouge, que le géant semble avoir lubrifié juste pour moi, tant il scintille sous la lumière des projecteurs.

Le sexe s'avance de quelques millimètres, et vient se poser sur mes lèvres.

Il est chaud comme une braise.

Alors c'est comme si toutes mes barrières émotionnelles s'écroulaient subitement.

A l'intérieur de moi, tout à coup, tout est calme.

*C'est drôle*, me dis-je en entrouvrant les lèvres, *c'est vraiment un autre monde.*

Puis le géant m'attrape les cheveux, me tire vers l'avant, j'ouvre grand la bouche, il y enfonce son sexe.

Alors seulement j'accepte que je bande.

Sucer une bite est un délice absolu. Je vis peut-être le meilleur moment de ma jeune existence. Toutes ces heures figées dans la pauvreté et dans la crasse s'effacent tout à coup, pour faire place à ce seul instant de folie, le sexe d'un autre homme enfoncé dans ma bouche, glissant sur ma langue, chaud, vivant, délicieux, au gout de sueur et de baise, tandis qu'une main ferme me tire vers l'avant, me repousse vers l'arrière, qu'on me comble la bouche d'une nourriture nouvelle, qui m'enrichit le corps et l'âme ; je suis presque en transe, et je commence à comprendre le vacarme et la sauvagerie des spectateurs qui nous entourent, qui frappent, qui nous épient comme des bêtes.

Alors que je reprends mon souffle, résistant un peu à la poigne du géant, je jette un œil au plexiglas, et vois deux ou trois types en train de s'embrasser fougueusement, déboutonnant leurs pantalons pour en tirer leurs sexes bandés, et se masturber au milieu de la foule, sans faire attention à tous ceux qui les regardent.

Bientôt, deux autres les imitent, puis trois, puis quatre.

Je n'ai pas le temps de voir la suite, je respire la sueur, je suis bouillant de lumière, et je dois ramener mon visage vers le sexe bandé, que je lèche comme un chien, sur tout sa longueur, de la base jusqu'au gland, avant de m'attarder sur le sac lourd qui lui succède, de m'essayer à prendre en bouche chacun de ses testicules, mais sans succès.

Le géant saisit mon épaule avec sa grande main, il force sur mon muscle jusqu'à ce que je hurle de douleur, et me relève pour lui faire face. Il me contemple en soufflant, plantant ses deux yeux gris dans les miens, me dévisageant comme une animal.

Dans cette situation, il est mon guide, il est mon maître, et moi l'élève ; j'ai tout à apprendre de lui, et je veux en savoir plus, bien plus, sur l'art de jouir et de faire jouir, sur l'art d'être heureux dans un monde qui m'a toujours refusé le bonheur.

Le colosse saisit mon poignet, dirige ma main vers nos deux sexes qui se collent l'un à l'autre ; le sien semble un grand frère à côté du mien, maigre et tiède, et je profite de la chaleur de sa chair qui vient me caresser le gland et la peau, alors que la main du colosse se referme autour de mes doigts, les poussant à se nouer autour de nos bites.

Je sais ce qu'il attend, je le *sens*, c'est un instinct puissant et animal, venu du fond des temps. Je nous branle maladroitement, mais avec ivresse, complètement habité par mon geste, jusqu'à ce que nous soyons l'un et l'autre si durs qu'il m'est presque impossible de continuer de faire couler ma main le long de notre peau ; ma paume est comblée de sueur, et le géant m'attrape par la nuque, me regarde un instant encore, avec un sourire de bête, qui me défonce complètement, qui m'hypnotise et me dénude ; puis il se penche vers moi, colle mon torse contre le sien, bouillant et transpirant, et serre ses bras comme un python autour de ma poitrine, me coupant le souffle.

Il presse ses lèvres contre les miennes, il entrouvre ma bouche par sa langue, allant chercher la mienne, dansant autour d'elle, l'apaisant, la caressant, la faisant jouir. Son baiser est divin, je suis complètement perdu dans son étreinte, sa salive perle le long de mon menton alors que sa langue remue dans ma bouche, et j'ai l'esprit en fureur, et j'ai des étoiles pleins les yeux.

A l'instant où il se retire, un filet de salive s'étire de sa langue jusqu'à la mienne, et je la garde pendante pour bien lui signifier que *par pitié, j'en veux encore, je veux boire ta bouche jusqu'à la fin de mes jours.*

Derrière les parois du dôme, la fête s'est transformée en véritable orgie. Les trois quarts des garçons sont à présent complètement nus, leurs sexes bandés, en train d'embrasser, de sucer, de pénétrer. La chaleur des haleines est venue embuer le plastique, recouvert de tâches de salive, d'urine, de sperme. Des dos nus frappent contre le plexiglas, des mains en chaleur viennent en caresser la surface, des bouches éperdues, des langues vagabondes ; tout un monde de folie, dont le vacarme a laissé la place à une mer intense de gémissements langoureux, d'encouragements, de grognements torrides et vulgaires.

Je regarde à nouveau vers mon colosse, qui me masse les épaules en souriant. J'entends à peine son cri lorsqu'il entrouvre les lèvres pour me dire quelque chose.

J'ai du mal à le comprendre. Sa voix est couverte par les gémissements de la meute.

Face à mon désarroi, il me montre son pouce tendu, prend une expression interrogative. Je finis par saisir ce qu'il essaie de me dire. Je colle mes lèvres à son oreille, mon torse chaud contre sa poitrine brulante, et hurle :

— Je me suis jamais senti aussi bien !

Il éclate d'un rire tonitruant, avant de me repousser doucement, et d'embrasser mon front ; puis il saisit mon sexe, et s'en servant comme d'une laisse, il me tire derrière lui, m'encourageant à le suivre.

Je suis aux anges, ce type me fait rêver, la scène est délirante, j'ai envie d'éclater de rire, moi aussi ; tout autour de nous, les garçons prennent le meilleur de l'existence, oubliant pour une nuit la tristesse du monde au dehors ; ils baisent, et ils baisent, et ils s'aiment comme des fous, alors que je me laisse bercer par leurs respirations folles et haletantes, par leurs cris de bonheur et de désir de vivre. Me laissant guider par le colosse, j'effleure la paroi de la main, où un beau visage aux yeux sombres m'adresse un grand sourire, avant qu'un bras ne vienne l'enlacer, et le ramener vers la bouche qu'il était en train d'embrasser. Je voudrais passer au travers de la paroi, aller faire l'amour avec eux, mais le colosse tire violemment sur mon sexe, et je pousse un cri de douleur avant de chuter sur le sol, et de cogner ma tête contre celle du garçon brun, qui se tient allongé dans la terre battue, langue pendante, les yeux hagards, un air de bonheur délirant sur son visage. Ses épaules bouillantes réchauffent les miennes, et lorsqu'il me voit, il sourit plus encore ; attrapant mon visage entre ses mains, il m'attire jusqu'à lui, et m'inflige un baiser violent et passionné, me poussant vers l'arrière jusqu'à ce que je tombe sur le dos, qu'il allonge sur mon corps son corps en sueur, jouant ses lèvres entre les miennes, léchant tout mon visage, m'embrassant comme un chien, me pénétrant la bouche comme un fou, me fixant dans les yeux avec une expression si perdue, si lointaine, que je me demande s'il connait encore son nom, s'il est capable de penser.

Je ne suis pas sûr d'en être capable.

Le garçon commence à lécher mon cou, à grandes lapées, comme un animal, et chaque coup de langue m'arrache des éclats de bonheur, des frissons bouillonnants et fertiles qui se répandent dans mes muscles, avant de s'épuiser peu à peu. Il recouvre mes épaules de salive, soulève mon bras, me lèche les aisselles jusqu'à ce que je gémisse et le supplie d'arrêter, tant sa langue pousse et semble vouloir me percer la peau, puis il mord sauvagement mes tétons, et j'ai l'impression que mon torse explose et se cambre, puis il lèche mon ventre sur toute sa longueur, jusqu'au nombril, puis l'aine, puis la pliure entre l'abdomen et le haut de la cuisse, qui achève de me faire monter au plafond.

Alors qu'il prend mon sexe dans sa main, et le fait pénétrer dans sa bouche pour me sucer, je contemple la voute du dôme, où les yeux délavés de la statue semblent fixer un autre univers, quelque chose d'intemporel, d'étranger à la souffrance, un endroit d'énergie pure et de félicité, où tous les désirs des hommes ne formeraient plus qu'un.

*J'ai trouvé cet endroit.*

Je suis à deux doigts de jouir lorsque les grandes mains du colosse s'infiltrent sous mes aisselles et me soulèvent, me retournant sur le ventre, m'incitant à adopter une position à quatre pattes. L'autre colosse, le grand tatoué, dont je peux voir à présent les deux tétons percés par des broches dorées, en fait de même avec le petit brun, le positionnant juste en face de moi.

Nos visages se frôlent, nos bouches se rencontrent de nouveau, et nos lèvres s'effleurent, et cette fois-ci c'est moi qui l'embrasse, me retirant de temps à autres pour contempler son beau visage d'ange, alangui, complètement perdu et enivré, alors que le monstre dans son dos bande son sexe à pleine main, et s'accroupit derrière mon camarade.

Je sens les mains de mon propre géant qui me pétrissent les hanches, alors que son sexe lourd et dur comme le bois vient écarter mes fesses et pousser à l'entrée de mon cul ; j'ai des frissons dans tout le corps, presque des hallucinations tant les sensations sont vives, entre la chaleur des projecteurs, la terre battue sous mes mains, les corps recouverts de sueur, le vacarme de la baise et le mouvement ondulatoire des corps tout autour, comme une immense vague, et la langue du petit brun qui vient épouser la mienne, et les mains qui me malaxent, et la bite qui pousse pour entrer en moi, encore et encore et encore, et je serre les dents comme un fou, avant de redresser le menton, en nage, apeuré, suppliant dans le vide pour que la torture ne finisse jamais.

Je vois le visage de mon camarade en face qui me contemple, ses yeux dans les miens.

Ses lèvres murmurent des mots inaudibles.

Puis nous nous penchons l'un vers l'autre, nous nous embrassons, et le sexe de mon colosse pénètre dans mon cul, son bassin vient violemment frapper mes fesses, et je manque de déraper, emporté par la douleur et le prodigieux éclair d'ivresse qui me percute chaque muscle, tandis que l'autre garçon hurle de plaisir, et nous retombons l'un contre l'autre, nos deux torse rapprochés, nos joues collées l'une à l'autre comme deux chiens qui se rencontrent, pendant que les bêtes dans nos dos nous labourent le cul ; je sens les coups de la mienne, qui me vide, me remplit, me vide, me remplit de nouveau, et lorsqu'elle pénètre je suis entier, et lorsqu'elle m'abandonne je suis nu et faible et creux comme un mourant, j'en redemande encore, et elle me repénètre, et la douleur diminue pour laisser place à un plaisir complet, constant, total, qui illumine ma chair, ma peau, mon esprit, mon corps d'un or merveilleux, moi qui n'ai jamais mis la main sur la richesse ; et pendant qu'il me baise, je contemple l'orgie tout autour, presque un tableau d'autrefois, moi qui n'ai jamais goûté à la beauté ; et je contemple le cul bombé et remuant de mon camarade, et le sexe bandé et brun de l'homme qui le sodomise, et nos sueurs ruisselantes qui viennent gicler et frapper la terre, des sueurs de bêtes et de folies et de démons et d'anges, moi à qui on n'a jamais offert le droit d'être moi-même.

*Je prends ce droit de force.*

On nous baise, on nous baise, on nous baise, nos têtes se frôlent et nos cœurs battent à l'unisson, et nos deux souffles se chevauchent et nos gémissements se mêlent à ceux de la foule, jusqu'à ce que l'un comme l'autre nous éclations de plaisir sur le sol de terre battue, et que dans nos deux culs les colosses se libèrent de leurs puissance, leur or blanc se répand dans nos entrailles en une coulée chaude et adorable, quelque chose que j'aimerais garder en moi pour le restant de mes jours.

Puis vidé par toute forme d'énergie, je tombe sur le sol quand le monstre se retire, et mon camarade tombe à mes côtés, en soldat vaincu, et sa main vient couler sur mon torse chaud, et je la recouvre de la mienne, la laissant respirer sur mon souffle qui s'apaise.

J'y vois flou, je contemple le dôme, les corps qui viennent frapper, baiser, s'enivrer tout autour de nous comme dans un rêve délirant ; j'attends que l'ivresse redescende, que mon corps redevienne ce pauvre mal habillé, maigre et chétif, qui retrouvera la médiocrité de ses ancêtres aussitôt la fête achevée.

Mais l'ivresse demeure,

Et mon corps est en feu,

Et la richesse de cette soirée, je le comprends à présent, restera à jamais mienne.

Penchant ma tête vers celle de mon camarade, alors que les deux colosses se redressent en soufflant, et se saluant l'un l'autre, rejoignent la porte métallique, en bons athlètes près à rejoindre les vestiaires, je contemple son visage doux, illuminé par ce rêve partagé. Je lis dans ses yeux la même folie pure qui envahit mon crâne.

— Hey.

Il se tourne vers moi, me contemple en souriant, allongé sur la terre. Je lui demande :

— Comment tu t'appelles ?

— Jonathan. Et toi ?

— Lucas. Enchanté, Jonathan. Je t'aime.

— Enchanté, Lucas. Je t'aime aussi.

Enchanté, je le suis pour de bon, et je me prends à penser que cette soirée passée ensemble pourrait nous avoir profondément liés.

Je serre entre mes doigts celle de ses mains qui repose sur mon torse, avant de reporter mon attention vers la verrière, vers le vacarme de l'amour, vers la vie qui tend les bras, et je le jure devant Dieu, jamais ô grand jamais je ne me suis senti aussi bien.

À cet instant précis, contemplant la statue vieille et fragile, parmi le concert de cris et de corps, je ferme les yeux, et me murmure à moi-même :

— Je vivrai chaque seconde à la hauteur de mon ivresse.

Puis je réfléchis, secoue la tête et me reprends, contemplant les seuls mots qui vaillent au Monde.

— Je vis.

Oh, oui, je vis mes amours, mes trésors, mes intenses bonheurs.

Sous votre dôme, je vis.

Auprès de vous, je vis.

Je vis.

Je *vis*.

*à Berlin, le 6 avril 2021*

Un mot de l'auteur

Toute ma vie, les fêtes foraines m'ont fasciné. Il y a quelque chose de tellement entraînant dans leur concert de couleurs, de sons et de matières, comme dans les magazines qu'on reçoit à Noël, contenant tous les jouets disponibles dans les grandes surfaces : quelque chose de sucré, qui motive et attire mon regard. *La foire des ténèbres*, de Ray Bradbury, illustre très bien cette fascination, et il me semble deviner que le vieux romancier partageait mon goût pour tous ces jeux de gosse, ces figures archétypales qui bâtissent les enfances, que ce soient les dinosaures, les chevaliers, les astronautes ou les sabres laser.

Autant de symboles phalliques, me direz-vous. Peut-être bien. A présent que j'ai atteint l'âge adulte, il m'a semblé adéquat de remplacer les sabres par de véritables sexes, et les scènes de batailles spatiales par des orgies délirantes et enivrées. Moins de sang, plus de sperme ; peut-être a-t-on gagné au change.

Si cette histoire vous a plu, et que vous désirez lui laisser une note, ou un commentaire, vous pouvez le faire en appliquant la procédure suivante :

Rejoignez la page Amazon du livre, faites-la défiler jusqu'à atteindre la section *commentaires clients*, puis cliquez sur *écrire un commentaire*.

Vos mots d'amour sont des trésors, vos sourires des brins de chaleur qui m'aident à affronter le froid du printemps berlinois. Ils m'autorisent à augmenter le nombre de mes lectrices et de mes lecteurs, et par voie de conséquence, de contempler la vie avec plus de sérénité. Par exemple, si je veux offrir la soirée au restaurant à ce charmant garçon que je viens de rencontrer, eh bien je peux le faire avec la plus parfaite assurance, pleinement confiant dans mon pouvoir de séduction.

*Mais la séduction n'est pas qu'une histoire d'argent*, me direz-vous.

Oui, bon d'accord. J'ai juste envie de faire bonne impression, voilà.

Bon.

Bonne soirée. Amusez-vous bien.

Je vais dormir, je relis tout ça demain, puis je le publie.

Et vous, eh bien, prenez soin de vous.

En vous souhaitant le meilleur,

                        Giorgio Battura

En bonus, découvrez gratuitement le premier chapitre de
# SOUILLE AU LAC DU DIABLE
Un autre délire érotique de Giorgio Battura

Nous étions deux, Jérémy et moi-même, à marcher sur les bords du lac.

Nous étions en vacances. L'année scolaire venait de s'achever.

Nous avions dix-huit ans.

Le temps était gris, l'odeur celle des pins et de l'herbe séchée. Il y avait quelques oiseaux noirs qui sillonnaient le ciel.

Tout était calme.

Songeur, j'écoutais le bruit des feuilles et de la terre écrasées par nos baskets.

Jérémy ne disait rien.

Il fixait le chemin devant nous, menant la marche.

*Après tout, il n'y a pas grand-chose à dire.*

Nous passâmes auprès d'un tronc bien plus grand que les autres, au bois creusé en une énorme cavité sombre. La mousse recouvrait l'écorce, et s'infiltrait dans ses fentes comme la fumée d'une cigarette.

Autrefois, il y avait des renards autour du lac. Ils étaient peut-être toujours là, je n'en savais rien. Cela faisait une éternité que je n'y étais pas revenu.

Nous atteignîmes la plage vers quinze heures. Elle était vide. L'eau avait déposé sur le sable des quantités d'algues et de mousse blanche, qui dégageaient une odeur pestilentielle.

Jérémy s'avança, prenant garde à éviter les quelques masses de plantes gluantes, jusqu'à ce que ses semelles soient à demi enfoncées dans la boue.

Il portait un jean bleu, un t-shirt blanc floqué par l'image d'un type à lunettes noires qui fronçait les sourcils, l'affiche du *They live* de John Carpenter. Moi-même, j'étais en petit short bleu, ma chemise blanche ouverte sur mon torse nu.

Je contemplai le corps bronzé de Jérémy, alors qu'il se penchait vers la surface, pour évaluer du bout du doigt la température de l'eau.

Je l'avais toujours trouvé très beau, mais les derniers mois semblaient lui avoir conféré une élégance nouvelle, une façon d'être plus adulte et séduisante. A force d'escalade, de vélo et de voile, il avait développé une musculature légère et sensuelle, et son torse imberbe affichait des formes délicieuses à observer. Son visage était celui d'un homme, à présent : ses cheveux noirs et raides constamment en désordre tombaient en mèches sur son front, ses yeux noirs semblaient pensifs et reposés. Sa bouche elle-même, qui autrefois souriait constamment, ouverte à toutes les plaisanteries, avait cessé de rire ; elle demeurait plissée, comme un accord de musique qui aurait trop longtemps résonné. Ses lèvres sombres s'étiraient en une fine esquisse, quelque chose de lointain, qui échappait à toute interprétation.

Sa voix douce et fanée vint se mêler aux légers clapotis de l'eau.

— Qu'est-ce que tu en dis ? On plonge ?

Je n'avais aucune envie de toucher à l'eau froide. C'était pourtant la raison pour laquelle nous nous étions retrouvés, après ces longs mois de séparation.

Je le contemplai un instant, pesant mes désirs et mes peurs. Jérémy me lança un regard inquisiteur.

Je haussai les épaules, et me mit à tracer des dessins dans le sable, du bout du pied.

— Je sais pas.

— T'as plus envie ?

— Si. Je crois que si.

— Tu veux qu'on rentre ? On peut aller au port. Manger des frites. C'est pas bien grave, on n'est pas obligés.

Je souris en cachette, étouffant un rire amer.

— Mais si. Bien sûr, qu'on est obligés.

C'était vrai. Nous n'avions plus le choix.

Je m'étais réveillé la veille, au milieu de la nuit, mon cœur battant à tout rompre. J'avais entendu un bruit dans ma chambre, qui ne provenait pas de la maison elle-même. Un bruit qui semblait résonner depuis les collines, à des kilomètres à la ronde, comme un chant lointain, un chant de femme à la voix grave. Presque celui d'un déesse.

Bien sûr, je savais que nous n'étions que deux dans la région à l'entendre résonner.

Quelques minutes plus tard, mon portable avait vibré, et j'avais reçu les premières notifications de Jérémy, qui semblait en panique, ou surexcité, je n'étais pas bien sûr. Puis nous nous étions appelés. Il avait dit :

— Je crois que ça vient du lac !

— Bien sûr.

— Tu veux qu'on y aille ?

— Maintenant ?

— Non, non ! Dans la semaine, quand il fera jour. On a un peu de temps avant que le passage ne se referme.

J'avais longtemps réfléchi avant de lui répondre.

Le chant de la sirène m'attirait autant qu'il me faisait froid dans le dos.

Et pourtant, malgré l'épouvante, malgré l'effroi et la sueur qui perlait sur ma peau, et les paumes glacées de mes mains, je m'étais entendu lui répondre *oui*, sur un ton monocorde, presque un répondeur automatique. J'avais le sentiment d'être devenu un fantôme.

— Parfait ! On se recapte.

Je n'avais pas réussi à me rendormir.

A présent que nous nous trouvions face au lac, abandonné comme nous l'avions prévu, mon corps tout entier me poussait vers l'avant, vers l'eau froide et grisâtre, m'intimant l'ordre de me déshabiller, et de plonger la tête la première, de nager vers les profondeurs, complètement nu, jusqu'à y trouver ce que nous étions venus chercher. Le glissement de la brise entre les arbres semblait m'inciter à la débauche et à la prise de risque. Mais j'avais aussi un cerveau, qui fonctionnait plutôt pas mal ; et au-delà de mon désir de retrouver la sirène, je me doutais aussi que si nous nous laissions happer, il serait cette fois-ci bien moins simple de remonter à la surface.

Jérémy me contemplait en silence. Son torse brun de garçon gitan s'élevait, se rabaissait, inspirant l'air parfumé des bois, ainsi que l'odeur pestilentielle du lac.

Je respirais comme lui ces parfums d'autrefois ; et à chaque goulée d'air, je me remémorais toutes les folies enivrantes que nous avions découvertes au fond de l'eau, plusieurs mois auparavant.

Jérémy se redressa, marcha doucement jusqu'à moi, posa ses deux mains sur mes épaules tremblantes. Nous nous regardâmes droit dans les yeux.

Puis il toucha ma poitrine, du bout des doigts, juste à l'endroit du cœur.

— Tu as peur, murmura-t-il, souriant tristement.

— Pas toi ?

— Si. Si, bien sûr. J'étais déjà terrifié le premier jour.

Il se pencha vers moi, et déposa ses lèvres sur les miennes.

Je goutai leur texture douce et salée, laissant sa langue pénétrer ma bouche, caresser doucement la peau de mon visage. Jérémy m'embrassait comme un dieu antique, par un élan mystique et véritable, un mouvement de nos deux âmes qui se désiraient tant, qui étaient faîtes l'une pour l'autre depuis notre naissance, et peut-être même avant cela.

Nous nous aimions passionnément, malgré la distance, malgré les séparations à venir. Nos deux êtres n'en formaient qu'un. Il ne pourrait jamais y avoir de mensonges entre nous.

Nos lèvres se libérèrent, et je gardai en bouche le goût de sa salive, contemplant ses deux grands yeux noirs et enivrants, presque soumis à leur volonté, à deux doigts de tomber entre ses bras, contre sa poitrine, et de lui faire l'amour sur le sable.

Peut-être un orgasme en pleine nature nous aurait-il sauvé de la magie du lac ? Peut-être n'aurions-nous plus ressenti l'envie d'y plonger après coup.

Je n'en savais rien.

Jérémy tenait mes mains entre les siennes, caressant doucement mes paumes du bout de ses pouces, y traçant de petits cercles.

Nous écoutâmes le vent quelques instants. Puis ce fut moi qui pris la parole.

— On y va ?

Il sourit, et acquiesça.

— Oui. Je crois bien qu'on y va.

Découvrez la suite de *Souillé au lac du diable* dans le livre complet, disponible sur Amazon.

Découvrez sur Amazon les différents délires érotiques de Giorgio Battura

*Chienne à soldats*  *Hector soumis d'Achille*
*Out of my dreams*  *Arthur au gangbang*
*Deux torses en sueur*  *Pénétration, l'amant du monstre*
*Deux garçons, et les flammes*  *Milliardaire en esclavage*
*L'humiliation de Kevin*  *Otage et mercenaire*
*Chien sauvage*  *Salvario, puceau en chaleur*
*Elliot et la maison qui baise*  *La brute et l'étudiant*
*Antoine et le diable*  *Dressage Omega*
*Sexfighters*  *Les amants du monastère*
*Jouir*  *Sailli par la meute*
*Chienne de prof*  *La proie des bêtes*
*Esclave du roi viking*  *Souillé au lac du diable*
*Soumis par les punks*  *Chienne à taulard*
*Que Dieu me défonce*  *Ramper aux pieds du boss*

Ainsi que les quatre compilations

*Trois psychédélismes érotiques*
*Trilogie de chiennes en chaleur*
*Neuf récits d'amour, d'esclaves, et d'alpha males*
*Neuf récits gays de démons et d'orgies*

Printed in France by Amazon
Brétigny-sur-Orge, FR